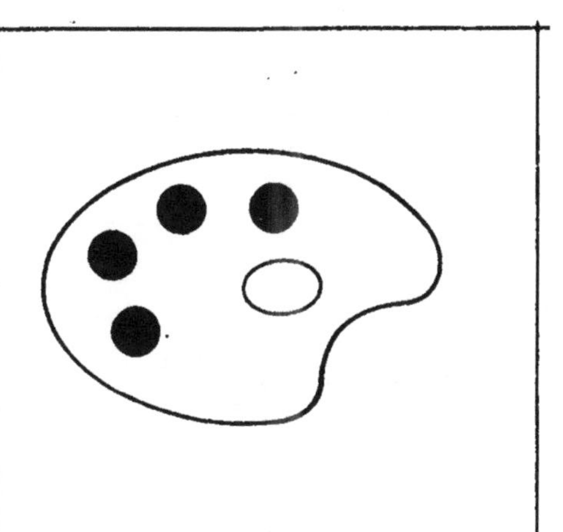

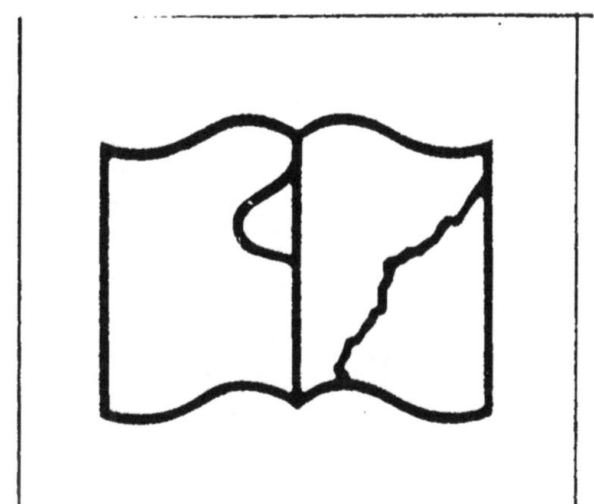

UN
MONSIEUR QUI A DU SOIN

OU CES MONSTRES D'ENFANTS

Pièce comique en 2 actes

Par Fernand LEGAY

SUIVI DE

LES BRIGANDS

OU LE RETOUR DE L'ENFANT PRODIGUE

Pièce en 3 actes

Par un Supérieur de Collége

ET D'UNE POÉSIE

LE VIEIL AVEUGLE

PAR Edmond DELAZUR

———

Propriété exclusive de l'Éditeur

———

NANCY
E. FERRY, ÉDITEUR

1888

UN MONSIEUR QUI A DU SOIN

ou

CES MONSTRES D'ENFANTS !

Comédie en deux actes

POUR JEUNES GENS ET ENFANTS

PAR

Fernand LEGAY

EXPLICATIONS

La scène se passe à Paris chez M. Robert. Le théâtre représente une salle à manger. Au fond une cheminée entre deux fenêtres. A droite et à gauche une porte. Table, chaises, vase, tableaux, etc., etc.

PERSONNAGES

MM. ROBERT DE CLAVELLE, rentier.
CHAVAGNAC, maçon (auvergnat).
LÉONARD, maçon (sourd).
CLOVIS, domestique de M. Robert, rôle de Bonenfant ami de M. Robert.
ARTHUR, frère de Clavelle.
VICTOR et LÉON, fils d'Arthur.

NOTA : M. Robert doit toujours parler et marcher le plus posément possible.

Arthur, au contraire, doit être vif, brusque, sans gêne, etc., etc.

La porte de droite donne sur le vestibule, celle de gauche dans le salon.

PREMIER ACTE

SCÈNE PREMIÈRE

ROBERT, seul.

Robert paraît à gauche. Il est en pantalon, sans gilet, avec un bonnet de coton sur la tête, savates aux pieds, parlant à la cantonade.

Clovis..... Clovis..... (*Fermant la porte.*) fatalité !

Il s'avance jusque sur la rampe sans parler.

Je renvoie hier mon domestique, ... un garçon qui était d'une maladresse inexplicable, et qui ne connaissait pas les moindres notions du service, ... du service, tel que le doit comprendre un bon serviteur : politesse, savoir-vivre, bienséance, toutes qualités précieuses, comme on sait.

Ensuite, je me rends chez mon ami Bonenfant, la crème des hommes, bon comme du pain ; il faudra qu'un de ces jours je vous le présente.

Je lui conte mes peines, mes ennuis, et lui, prompt comme l'éclair, avec cette franchise qui va droit au but, il me dit :

Mon cher Robert, laisse-moi faire, je vois ce qu'il te faut, tu sais si je tiens tes intérêts. Regarde comme les choses se rencontrent, je connais un garçon très intelligent, laborieux et honnête, qui a travaillé chez M. Bourrache ; tu sais ce petit sec qui vient de mourir ? Si tu veux j'irai le voir, je suis sûr que tu en seras très satisfait.

— Ah ! mon cher ami, quelle reconnaissance ! m'écriai-je.

— Du tout, du tout, enchanté de pouvoir te rendre ce petit service.

— A titre de revanche, Bonenfant. C'est entre nous à la vie, à la mort !

Et deux heures après, il m'envoyait le jeune homme en question. Il a bien un petit défaut : il est un peu vif..... on n'est pas parfait..... mais ce qui me plaît, c'est sa ressemblance avec ce cher Bonenfant, il a de ses airs..... c'est vrai.

Seulement, je ne sais pas où il est passé, je sonne et resonne depuis une heure, et personne ne répond. (*Ouvrant la porte de droite.*) Clovis !..... (*Ouvrant celle de gauche*) Clovis !.... (*Tapant du pied.*) Sac à papier ! je me demande, si je vais attendre longtemps après ma chaussure,..... et mes effets ! où sont-ils ?..... Je n'en sais rien !..... (*Soupirant.*) Ha ! je tombe donc de Charybde en Scylla,..... (*Ouvrant la porte de droite.*) Clovis !..... (*Rentrant.*)

Enfin, j'aurai beau crier, m'époumoner, j'en serai pour mes frais !..... Avec tout cela, je grelotte et je tremble la fièvre comme vieille femme ! Brrr !.... Où peut-il être, je me le demande, il faut, pour le trouver, que je me promène dans la maison avec ce costume ! Voilà qui est singulier ! (*Prisant.*) Ah !... (*Se dirigeant à droite.*)

Définitivement les domestiques, je les ai dans le nez ! (*Il sort.*)

SCÈNE II

CLOVIS, seul.

La scène reste un moment vide. Clovis paraît en

tablier blanc, il tient des bottines et une paire de brosses.

Monsieur.... me dit hier dans la soirée : « Clovis, vous aurez bien soin de nettoyer mes chaussures dans le vestibule. » Oui Monsieur..... (*Cirant*).

Merci,..... avec un froid comme ce matin qui vous coupe la figure en quatre, j'aime mieux venir les cirer ici, je tiens encore à soigner bibi ! (*Se montrant.*) N'êtes-vous pas de mon avis ?

Il chante : (Air de Mme Angot.)

Voilà tantôt vingt ans
Que je suis domestique,
Je connais les tourments
De ce métier critique.
J'ai servi chez un prince,
Trois ducs, un armateur,
Et chez tous, je me pince
D'avoir chanté sans peur !

REFRAIN (*bis*)

Qu'il s'inquiète,
Qu'il tempête,
Je me moque du bourgeois ;
Je veux être, seul, mon maître.
Entre nous, ça se conçoit.

Je ne sais pas si ce qu'on vient de me dire est vrai. Il paraît que Monsieur est très difficile à servir, qu'il n'est jamais content, minutieux en diable, et que c'est le plus grand original que la terre puisse porter !..... Un vrai maniaque quoi !..... Il faudra voir à ça.

Comme je me connais, cela ne me tourmente pas beaucoup.

Je ne m'effraye pas pour si peu, il le verra bien vite. (*On sonne.*) On sonne je crois. Bon, suffit.... Je

CLOVIS

Pas la moindre des choses.

ROBERT

C'est trop fort, vous ne voyez pas que celle-ci est couchée sur le parquet, pendant que l'autre disparaît à moitié sous la table ?..... Fatalité !

Mon cher ami, rappelez-vous (*Il prise*) qu'une paire de chaussures, doit toujours reposer sur ses semelles et talons, c'est logique.

(*Clovis les relève et les rapproche l'une contre l'autre.*)

CLOVIS

Je commence à comprendre.

ROBERT

Mais non, vous ne saisissez pas. Mon Dieu ! que ce garçon-là a l'intelligence obtuse !

Vous les rapprochez maintenant trop près l'une de l'autre. Ouvrez-les donc un peu par devant, (*Il se baisse*) comme ceci en équerre.

Eh bien ! voyez-vous maintenant la différence ? Quel changement ! Comme le regard s'arrête avec complaisance, sur ces chaussures ! Elles présentent un meilleur aspect, voilà ce que j'appelle avoir de la symétrie. Est-ce que vous n'êtes pas de mon avis, ne les trouvez-vous pas mieux placées qu'auparavant ?

Vous vous efforcerez donc, à l'avenir, de faire les plus petites choses avec goût, je dis les plus petites, parce que les grandes jurent d'elles-mêmes, et on les évite plus facilement.

Enfin mon cher ami, rappelez-vous que c'est dans les petites choses que l'on reconnaît les grands hommes ? (*Reprenant ses souliers.*) Maintenant, je vais achever de me vêtir et vous prie de bien remettre tout en ordre, dans cette salle à manger. (*Il sort.*)

SCÈNE IV

CLOVIS, seul

Ainsi soit-il !

C'est fini ! Je me demande si je suis bien éveillé. Jamais, je n'ai rien vu de semblable ! J'en sue. (*Il s'éponge.*) Est-ce qu'il est constamment comme ça, ou bien est-il malade ?

Il faudrait voir s'en rendre compte, parce que s'il a une araignée dans le plafond, je préviendrai la famille, pour qu'elle l'expédie dans une maison de santé.

En voilà une histoire avec ses souliers en équerre ! Un peu plus par ici, non pas là, et patati et patata, ce n'est plus un homme, c'est une bassinoire...

Que veut-il que je remette en place ? Ma parole d'honneur, je ne sais pas ce qu'il désire ! Je suis sûr que si je mets une chaise à droite, il me dira que c'est justement à gauche.

Bah !..... arrivera ce qui voudra,..... au petit bonheur, je vais faire un somme en attendant que tout cela finisse.

(*Il s'installe sur deux chaises et commence à dormir, le plumeau traîne sur le parquet.*)

SCÈNE V

ROBERT et CLOVIS

(Robert paraît en habit, lunettes d'or, etc., en lisant son journal.)

ROBERT

Il est très curieux ce matin. Tiens, qu'est-ce que ceci? *(Il lit tournant le dos à Clovis.)*
Inauguration du premier chemin de fer à crémaillère français.

PROGRAMME DES FÊTES

Le 5. Distribution de secours aux indigents. *(Clovis ronfle doucement d'abord, et ensuite crescendo.)*

Le 6. Conférence au théâtre sur l'aérostation.
Le 7. Réception des sociétés.
A 1 heure. Salve d'artillerie, grand défilé.
A 2 heures. Arrivée des Ministres.
A 3 heures 1/2. Fête de gymnastique.
A 6 heures. Grand banquet à l'Hôtel-de-Ville.
Le lundi à 8 heures. Inauguration de la nouvelle ligne.

Tiens, tiens, c'est gentil! Il faudra que j'en parle à Bonenfant. Nous pourrions peut-être aller voir cette fête..... *(On entend Clovis ronfler plus fort.)*

ROBERT, se retournant

Comment !..... comment ! c'est mon nouveau domestique qui ronfle ainsi ? Palsembleu ! où il y a de la gêne, il n'y a pas de plaisir. Elle est forte celle-là !

Mais, je ne pense pas l'avoir engagé pour venir dormir dans ma salle à manger. (*Regardant autour de lui.*) Quel désordre ! Le plumeau qui se promène sur le parquet (*Il le ramasse*), des assiettes sur la table, de la poussière partout..... Ah ! (*Tapant du pied.*) Cela aura une fin je pense (*Secouant Clovis.*) Clovis..... Clovis.

CLOVIS, se réveillant en sursaut

Qu'y a-t-il ? Quoi ! Ha ! c'est Monsieur !

ROBERT

Voudriez-vous, monsieur, me donner des explications sur votre conduite ?

CLOVIS (se frottant les yeux)

Que Monsieur veuille bien m'excuser. Depuis ce matin, j'éprouve un violent mal de tête, et j'ai eu le tort de m'endormir.

ROBERT

C'est bien pour cette fois ; je serai clément, mais à l'avenir, que le fait ne se renouvelle plus..... C'est compris ?

A propos, venez un peu, laissez là votre ouvrage,

j'ai une commission que vous allez m'exécuter sur-le-champ. (*Il tire une carte de son portefeuille.*)

Voici une carte à mon nom. (*Il lit.*)

Robert de Clavelle, rentier, rue de Grenelle, 123, Paris.

Vous allez vous rendre chez mon imprimeur, M. Léveillé, rue Delta, 74, et lui direz que je voudrais qu'il m'imprimât 600 cartes tout à fait semblables à ce spécimen.

CLOVIS

Parfaitement, Monsieur, je pars de suite.

ROBERT

Attendez donc, vous êtes trop pressé ; vous allez, vous allez... Je n'ai pas fini, suivez bien mon raisonnement.

CLOVIS

C'est cela, suivons le raisonnement de Monsieur.

ROBERT

Vous lui recommanderez de me donner la même qualité, et la même force que ce modèle ; c'est-à-dire une belle carte mate.

CLOVIS (tapant du pied)

Nous disons, Maaté.

ROBERT

Du même format.

CLOVIS, de même

Du même format !... Oui, Monsieur.

ROBERT

Je trouve aussi, que celle-ci a trop de toulage. Vous lui direz, que je désirerais qu'il remédiât à cet inconvénient.

CLOVIS (prenant la carte)

Nient. C'est ça.

ROBERT

Ne mettez donc pas vos doigts sur l'impression. Vous lui ferez remarquer que j'aimerais assez qu'il retouchât cette virgule qui se trouve là. Voyez-vous, après le numéro, et qui sort un peu plus que les autres lettres.

CLOVIS

Ah !..... je vois. Oui, Monsieur.

ROBERT

Mais non ! vous ne voyez pas, puisque vous la regardez à l'envers.
C'est comme je ne m'explique pas, pourquoi les

dernières cartes reçues, étaient bien plus noires au milieu, qu'aux deux extrémités.

C'est insensé ! Cela dénote chez l'ouvrier une absence complète de goût dans son travail.

Je désirerais que M. Léveillé surveillât de très près ces détails ; j'y tiens essentiellement ; je les veux exactement semblables. C'est compris ?

CLOVIS

Tout ce qu'il y a de plus compris. Oui, Monsieur, surtout que j'ai reçu de la nature le don de posséder la comprenette nette !

ROBERT

Allons, c'est tant mieux. (*Clovis sort à droite.*)

SCÈNE VI

ROBERT puis ARTHUR et les deux enfants.

ROBERT

C'est drôle comme il a les airs et la figure de mon ami Bonenfant, on jurerait que c'est son frère.

(*La porte s'ouvre avec fracas, Arthur traîne une malle suivi de ses deux enfants.*)

ARTHUR (à la cantonade)

Va te promener vieux cruchon (*Entrant.*)
Elle est comique celle-là !... Ton cerbère qui
voulait monter ma malle !

ROBERT

Mais, Monsieur, que signifie cette invasion ; je ne
vous.....

ARTHUR

Comment, tu ne reconnais pas ton frère Arthur,
les années m'ont donc bien changé ?

ROBERT

Arthur ! Ciel, mon frère. (*Se jetant dans les bras
d'Arthur.*) Quelle joie de te revoir !

ARTHUR

Et moi donc. (*Il va s'étendre sur une chaise*). Allons
en avant la jeunesse, allez embrasser votre oncle
Robert.

ROBERT (les embrassant)

Bonjour, mes bons petits amis.

LÉON

Nonon Robert, j'ai faim, na.

ARTHUR

Toi, tu mangerais toute la journée.

ROBERT (à son frère)

Et tu reviens comme cela.....

ARTHUR

D'Amérique, ligne directe, à bord du vaisseau *la Champagne*, avec les deux moucherons.

ROBERT

Et ton épouse.

ARTHUR

Morte, depuis deux ans !... Aussi après cette catastrophe, j'en avais assez. Je rassemble tout le fourbi, et hop, je fais voile pour l'ancien continent.

ROBERT (gravement)

Mon frère, mon hôtel sera ton hôtel ; tes enfants seront mes enfants ; désormais nous ne nous quitterons plus.

ARTHUR (se levant et lui prenant la main)

Brave cœur, merci, oui merci. Tiens, t'est un bon zigue !

ROBERT (étonné)

Un bon quoi?

ARTHUR (criant)

Zigue.

ROBERT

J'avoue ne pas comprendre. Enfin passons...
As-tu été plus heureux en Amérique que beaucoup d'autres? Tes entreprises ont-elles été couronnées de succès?

ARTHUR (fumant un cigare)

Dame! il y a eu des hauts et des bas..... J'ai couché plus d'une fois à la belle étoile, et n'ai pas toujours mangé mon comptant; mais c'est égal, vive l'Amérique, pour jouir d'une liberté complète! Chacun fait comme il l'entend, et ne s'occupe pas de son voisin.
Ainsi, moi qui te parle, j'ai fait sans me vanter une trentaine de métiers.
Journaliste, décrotteur, bûcheron, clerc de notaire, garçon épicier, crieur public, entrepreneur, jardinier (*Léon et Victor se battent dans un coin*), fumiste.....

LÉON

Papa! Papa! Victor qui veut me donner des coups, dis papa!

ROBERT

Silence, mes petits amis, quand votre père parle.

ARTHUR

Faites-moi aller là tout à l'heure, et je vais vous tirer les oreilles d'importance !
Où en étais-je ? Ah oui, c'est vrai. Je disais donc fumiste, médecin, charpentier, terrassier, marchand de vin, teinturier, fabricant de galoches et de boîtes à cirage, marchand forain, directeur de théâtre, et le reste.....

ROBERT

Mais malheureux, tu déshonorais ta famille !

ARTHUR

Allons donc, en Amérique personne ne vous connaît.

ROBERT

Enfin, dans quelle partie est-tu parvenu à faire fortune ?

ARTHUR

Ah ! ça c'est le clou, c'est dans la fabrication d'une pommade de mon invention, faite avec de la graisse d'ours (*ou sans ours*) et qui possédait deux talents :
Le premier, de faire repousser les cheveux sur les têtes les plus ingrates,

Et le deuxième, de les faire tomber à ceux qui en possédaient.

ROBERT

Comment ?...

ARTHUR

Oui, pour avoir l'air plus respectable.

ROBERT

Et cela se vendait ?

ARTHUR

Je le crois bien, surtout que j'avais acheté un ours vivant, que je montrais devant mon magasin, avec cette inscription :

POMMADE CLAVELLE A LA GRAISSE D'OURS

TOUJOURS FRAICHE

Cet ours sera abattu la semaine prochaine.

Je faisais des recettes journalières de 800 à 1,000 dollars, c'était le bon temps !

ROBERT

Tu m'en diras tant, que je finirai par comprendre !
Tes enfants ont l'air d'être en bonne santé ?

SCÈNE VII

ROBERT ET LÉON

LEON

A la haute cheminée, dis ?

ROBERT (embarrassé)

Je ne puis, mon enfant,...... non, cela est impossible. (*Léon pleure.*) Allons, ne pleurez plus, vous aurez un beau cheval en carton.

LÉON (cessant de pleurer)

Un cheval ? haut comment ?

ROBERT

Haut comme ça.

LÉON

Pourquoi que tu es si vilain, dis Nonon Robert ?
T'as un nez ! tiens un nez, grand comme la salle à manger, non tiens, grand comme la salle de spectacle !
Mais c'est égal, je t'aime bien tout de même.
Tu vas me mettre sur tes épaules, dis ....

ROBERT

Oh ! mais cela vient fatigant.

LÉON (pleurant)

Dis, Nonon Robert,..... dis.

ROBERT

Dieu, que c'est ennuyeux ! Que faire ?..... Que de contrariétés,..... enfin il vaut mieux en finir. (*Il le prend sur ses épaules.*)

LÉON

Fais la musique, Nonon Robert,..... dis ?

ROBERT

La musique,..... pristi, c'est toujours pire et jamais mieux.

LÉON

Vite,..... vite.

ROBERT

Voilà,..... ah ! une idée (*Il chante*) : Deux fois un deux, deux fois deux quatre, deux fois.....

LÉON

Autre chose, c'est trop bête ?

ROBERT

J'ai des pommes à vendre, des rouges,.....

LÉON

Pas ça, quelque chose de militaire.

ROBERT, à part

Quel enfant insupportable !

LÉON

Qu'est-ce que tu marmottes ? Je te dis de faire la musique. Tu es sourd, donc ?

ROBERT (à part)

C'est égal, on voit parfois de drôles de choses !.....
Moi, un ancien professeur à la Faculté, ... c'est du dernier ridicule ! Oh ! les monstres d'enfants.

LÉON, criant.

La musique ?

ROBERT, chantant.

Un jeune tambour
Revenant de la guerre,
Ran tan plan,
Tambour battant.
(Ils sortent à gauche).
La toile tombe.

DEUXIÈME ACTE

SCÈNE PREMIÈRE

ROBERT

(Il arrive par la gauche d'un air désolé) :
Je suis heureux d'avoir revu mon frère,..... oui
bien heureux certainement,..... mais je crois
avoir été trop vif..... (moi qui suis l'homme posé
par excellence)..... Positivement, j'aurais dû réfléchir avant de le prier d'habiter sous mon toit.

J'ai comme la tête en feu, je vois double, depuis
deux jours, on ne fait que crier, pleurer et se dis-
puter (*On entend crier, pleurer, dans les coulisses.*)
dans mes appartements,..... tout est sens dessus,
dessous. C'est qu'il faut vous dire que le père est
sans gêne !

Il se couche tout habillé sur son lit, fait le portrait du concierge sur le mur du vestibule, se met
à califourchon sur la rampe de l'escalier et descend
ainsi les trois étages.

Parfois il fait l'acrobate dans le jardin, au son
d'une orgue de Barbarie qu'il fait tourner par
Clovis, ou bien, il prend un tube en verre, et lance
derrière ses persiennes, des pois sur le nez des
passants.

Un de Clavelle !... Ah ! (*Prisant.*) Quand je pense
que ce matin il voulait à toute force m'arracher

une dent avec un sabre-baïonnette, pour me montrer son ancienne profession !

Jobard va ! Et le plus fort, c'est que je n'ose pas lui dire un mot, ou sans cela il m'envoie rue aux Ours.

C'est comme une fatalité, tout s'en mêle, voilà plusieurs fois que je me rends chez mon ami Bonenfant pour lui raconter mes déboires, et chaque fois on me répond : Il est sorti.

Je le vois bien, mon frère n'a pas changé, il est le même qu'il y a vingt ans, c'est tout dire.

Il sort un beau matin, en nous disant qu'il allait chez le buraliste acheter des cigares.

Attendez-moi, je reviens de suite. — Oui, parlons-en...... Vingt ans après, d'Amérique.....

Il fume comme un Turc, et vous parle un langage qui sent le gommeux à quinze pas, à tel point que la plupart du temps je ne sais pas ce qu'il m'a dit. A tout moment, il s'écrie : C'est crevant, chic, très chic, soignemouche, épatant, rigolboche, ou bien : ce type là, c'est pas pour chiner, c'est très bécarre, ah ! mince ! des chicards ou des flambards, des pschutteux, des v'lan, et le reste.

Enfin qu'est-ce qu'on veut dire ? Il faut prendre les choses comme elles viennent, mais je le vois bien, mes beaux jours sont passés !......Ah !.....
Et moi qui pensais vivre si tranquille, sur le déclin de ma vie !

(On frappe.)

SCÉNE II

ROBERT, CHAVAGNAC ET LÉONARD

ROBERT

Entrez !

CHAVAGNAC (avec des outils)

Ch'est-il, ichi, chez Monchieur Robert de Chandelle ?

ROBERT

Pardon, Monsieur de Clavelle, voulez-vous dire ?

CHAVAGNAC

Ou de Clavelle choite, nous chommes les machons envoyés par notre patron, pour une réparachion de.....

ROBERT

Ah! très bien mes amis. Voyez-vous, il s'agit de cette cheminée : depuis que les couvreurs sont venus la ramoner, elle fait une fumée insupportable, et tous les jours cet inconvénient se renouvelle. Pour mon compte, je n'y comprends absolument rien.

CHAVAGNAC

Eh! bien, nous allons tâcher de voir à cha, notre bourgeois. Ch'est tout che qu'il y a de plus fachile. (*Il se met à genoux et regarde dans la cheminée.*)

Tiens, on dirait qu'elle est bouchée.

Ils auront laicher tomber l'herrichon en la ramonant. Tas d'imbéchiles va! Ils n'en font pas d'autres! (*Il se met assis avec Léonard sur une chaise.*)

Ch'est une drôle de bricole, fouchetracha! Et que nous ne chommes pas prêts d'avoir fini (*Criant.*) Léonard!

LÉONARD

De quoi ?

CHAVAGNAC, criant

Il faudra que tu montes chur lo toit, pour voir chi la cheminée n'est pas bouchée.

LÉONARD

Et où passe-t-on pour aller chez le bouchor?

CHAVAGNAC, même jeu

Che ne te dis pas d'aller chez le boucher, fou-chetra, mais d'aller voir chur le toit pour regarder chi la cheminée n'est pas bouchée. Ah! Bougri.

LÉONARD

Bon, compris; je me trotte.   (*Il sort à droite.*)

SCÈNE III.

ROBERT, CHAVAGNAC puis LÉON

ROBERT

Faites donc attention, vous salissez tous les bar-reaux de cette chaise.

CHAVAGNAC, jetant la chaise

Bougri! La voilà votre chaise, on ne veut pas vous la manger.

ROBERT

Ces ouvriers sont d'un vulgaire et d'une grossièreté sans pareille! (*Il lit son journal.*)

(*Chavagnac se met à genoux sous la cheminée, on entend Léonard crier : Chavagnac! celui-ci répond de toute la force de ses poumons.*)

Par ichi!..... Par ichi!

ROBERT, se levant

Pour Dieu, ne criez pas comme cela, vous allez mettre toute la maison en révolution.

(*Léon arrive par la gauche et regarde Chavagnac sous la cheminée.*)

CHAVAGNAC, continuant

Par ichi!..... par ichi!

ROBERT

Mais taisez-vous donc malheureux! Vous allez faire descendre le capitaine du deuxième étage.

CHAVAGNAC, se relevant

Bougri! que voulez-vous que j'y fache, je ne chuis pas cause ch'il est chourd comme un pot. (*Il se remet sous la cheminée.*)

Par ichi!..... par ichi! (*On frappe au-dessus.*)

ROBERT

Quand je vous le disais, quel guignon! Le voilà qui frappe sur le plancher.

CHAVAGNAC, se relevant

Et qu'est-che que chela me fait à moi, ch'il n'est pas content votre capitaine, je ne m'en fiche pas mal.

ROBERT

Mais il voudra que je lui signe sa sortie ! je suis son propriétaire.

CHAVAGNAC

Ah, vous êtes propriétaire ! Eh bien ! che vous affirme que vous avez plus de chance que moi, car che ne pochède pas cheulement un rouge liard. *(Il se remet sous la cheminée.)*

LÉONARD, au lointain

Y es-tu ?

CHAVAGNAC, criant

Oui ! Jette voir maintenant quelques morchaux de tuilons. *(Des décombres tombent dans la cheminée, et on frappe au-dessus.)*

ROBERT

Oui ou non, avez-vous fini. Vous commencez par m'ennuyer à la fin.

CHAVAGNAC, se relevant

J'en ai tout autant à votre chervice, bougri.

SCÈNE IV

Les mêmes, LÉONARD

CHAVAGNAC

Voyons, ch'est pas de tout cha, elle est bouchée, ch'est chûr. Il faut abcholument la démolir. (*Criant.*) Tu vas aller chercher à la maison une truelle, des briques et un tendelin.

LÉONARD

Un litre de vin ?..... Compris, c'est Monsieur qui paie ?

ROBERT

Jamais je n'ai tenu ce langage.

CHAVAGNAC

Chela ne m'étonne pas. (*Criant.*) Tu ne comprends rien, che te dis un tendelin.

LÉONARD

Ah ! c'est que ce n'est pas la même chose. Suf-fit, je détale.

(*Il sort à droite*).

SCÈNE V

ROBERT, CHAVAGNAC, LÉON

On entend une orgue de barbarie dans les coulisses.

ROBERT

Bon,..... voilà mon imbécile qui recommence ses folies. Un de Clavelle. (*Soupirant.*) Ah ! grand timbré, va !

CHAVAGNAC

Où faut-il pacher, notre bourgèois, pour aller dans l'autre plèche ?

ROBERT

Pourquoi y faire ?

CHAVAGNAC

Pour pratiquer une ouverture dans la cheminée. Nous aurons bien plus fachile que de cho côté.

ROBERT

Prenez cette porte et tournez à droite.

LÉON

Tu vas démolir la cheminée, quelle chance ! (*Il prend une pelle à feu sous la cheminée.*) Attends-moi, je vais t'aider, fouchtra, tu vas voir !

CHAVAGNAC, criant

Ch'est cha bougri, et à nous deux, nous allons on
faire de la bejogne ! (*Ils sortent à gauche, Clovis
entre par la droite.*)

SCÈNE VI

ROBERT, CLOVIS

ROBERT

Tous ces dérangements-là me tuent. Je ne vis
plus, quand ces ouvriers-là arrivent, ils ont
toujours le talent d'ébranler ma faible constitu-
tion .... Ah !..... Clovis, poussez donc un peu
cette table. C'est bien, fort bien.
(*On entend Chavagnac qui tape à côté en chantant,
les décombres tombent par la cheminée donnant sur la
scène.*

CHAVAGNAC

Pour bien dancher,
Vive la limougine.
Pour bien dancha,
Vive les Auvergnats.

ROBERT, prenant Clovis par le bras

Pristi,..... Clovis courez vite, mais allez donc !

CLOVIS

Où ça, Monsieur ?

ROBERT

A côté,..... vite, dites-lui de se taire, et de ne pas

nous faire une pareille poussière ! Dépêchez-vous, morbleu ! Il va confondre tous mes appartements ! C'est insensé !.....

(Clovis sort à gauche, Chavagnac continue de chanter) :

CHAVAGNAC

Pour bien dancher,
Vive la limou.....

Dites à votre bourgeois qu'il me fiche la paix, et que ch'il n'est pas content, qu'il prenne des cartes !

ROBERT

C'est poli cela, parlons-en. Définitivement le populaire parle un langage qui confond en tous points mon intellect !

SCÈNE VII

ROBERT, LÉON, puis CLOVIS

(Léon rentre la figure toute noire, la pelle à feu sur l'épaule).

LÉON

Si tu savais, comme nous travaillons bien, nonon Robert. J'ai pris une chaise, et j'ai râclé toute la cheminée avec ma pelle à feu.

ROBERT

On le voit sur ta figure. Tu es propre ! Allons, va te laver, va.

LÉON

Embrasse-moi, dis nonon Robert, dis ?

ROBERT

Merci,..... je n'ai pas le temps (*Il le repousse*) ; une autre fois.

LÉON

Mais moi je l'ai, le temps ! Tu ne veux pas m'embrasser, eh bien je vais le dire à papa, na !
(Il sort à droite).

SCÈNE VIII

ROBERT puis CLOVIS

ROBERT (seul)

Le monstre d'enfant ! Il n'a pas son pareil ! (*Clovis entre par la gauche.*) Apportez vite des draps, afin de couvrir tous ces meubles : tables, chaises. Ne perdez pas une minute, m'entendez-vous ?

CLOVIS (sortant par la gauche)

Je ferai remarquer à Monsieur que.....

ROBERT

C'est bien ! c'est bien ! vous continuerez demain.

SCÈNE IX

ROBERT, LÉONARD

(*Léonard entre à droite avec un tendelin sur le dos.*)

LÉONARD

Ce n'est pas léger ! Excusez, en voilà une étape ! Il s'agit maintenant de se débarrasser de ce petit meuble. (*Il veut le poser sur la table.*)

ROBERT (criant)

Ne vous appuyez pas là, vous allez détériorer cette table.

(*Léonard se retourne d'un autre côté, vers une chaise*).

ROBERT (criant)

Ni là, ni là (*Tapant du pied*), ah !.....

(*Léonard se retourne du côté de la cheminée et casse un vase*).

Ciel !..... Sapristi ! Je ne comprends rien à votre manière de travailler ! Vous venez de me briser un vase de grand prix !

LÉONARD

Je ne suis cependant pas maladroit ; ce qui est certain, c'est que je ne l'ai pas fait exprès.

ROBERT (criant)

Ah ! certes, je le pense bien, comme ça !

LÉONARD

C'est pour dire que le proverbe a toujours raison. Il n'y a que celui qui ne fait rien qui ne se trompe pas.

ROBERT

Les proverbes n'ont rien à voir là-dedans que je sache !

SCÈNE X

Les mêmes, CLOVIS

(Clovis entre par la gauche avec une paire de draps. Léonard sort sa pelle, crache dans ses mains et charge les décombres.)

LÉONARD

Hein !..... Enlevez le bœuf.

ROBERT (criant

Clovis, jetez les draps sur cette table, décrochez ces tableaux (*A Léonard*), faites donc plus doucement, vous allez confondre ma salle à manger !
Je vous ordonne d'obtempérer à mon ordre.

LÉONARD

Puisque je vous dis que je n'entends rien !

ROBERT

Oh ! sainte patience ! (*Il prise.*)

LÉONARD

On ne paye donc rien au pauvre peuple par ici ? Cependant le calendrier marque soif.

ROBERT (criant)

Clovis ! allez donc chercher à ce brave homme, un verre d'eau bien fraîche.

LÉONARD

Inutile de vous déranger, mon bon ! Je suis un petit régime, mon docteur ne me permet que du Porto.

SCÈNE XI

Les mêmes, CHAVAGNAC, ARTHUR

ARTHUR

Il arrive par la droite.
Quel vacarme depuis ce matin ! Est-ce que tu fais démolir ta maison ?

ROBERT

Mais non, il s'agit simplement d'une réparation de cheminée.
(*Chavagnac ouvrant la porte de droite.*)

CHAVAGNAC (criant)

Eh bien ! qu'est-che que tu fiches donc ! Il est midi, ils viennent de chonner.

LÉONARD

Il est midi, allons-nous en, (*Il jette sa pelle.*)

ROBERT (criant)

Mais mon ami, vous n'allez pas laisser tout dans un pareil désordre ?

LÉONARD

Cela ne me gêne pas.

ROBERT (criant)

Vous, possible, mais nous,..... descendez au moins ces décombres.

LÉONARD

A une heure, notre Bourgeois, à une heure.
(*Léonard et Chavagnac sortent à droite.*)

ROBERT

Clovis, si vous vouliez avoir l'extrême obligeance de descendre ce tendelin.

CLOVIS

Je ne puis le faire, Monsieur, cela n'est pas dans mes attributions.

ROBERT

Mais il me semble, je crois, que vous pourriez pour cette fois, vous mettre en rapport avec la situation.

CLOVIS

Du tout, Monsieur,.... ma dignité s'y oppose.

ARTHUR

C'est crevant, vrai !..... Pas tant d'affaires, vous allez voir (*Il met les bretelles*), voilà comme ça se bricole ; une, deux et hop en avant Fanfan la Tulipe.

ROBERT

Arrête malheureux, c'est du dernier ridicule.

ARTHUR

J'en ai bien fait de l'autre en Amérique.

(*Il sort à droite.*)

ROBERT

Clovis, dressez le couvert...... (*Clovis sort.*)
Je suis malade ! que de tracas, mon Dieu ! C'est
à devenir fou, toutes ces émotions se répercutent
dans les hauteurs de mon cerveau, c'est fini, je ne
suis plus d'âge à supporter tous ces ennuis.

SCÈNE XII

ROBERT, CLOVIS

(*Clovis apporte un panier contenant un verre, deux
bouteilles, etc.*
*Robert les mains derrière le dos le regarde en
silence.*)

ROBERT

Mon cher ami, vous faites tout sans réfléchir,
or vous êtes un homme, c'est-à-dire un être capable d'aimer, de connaître et d'agir avec liberté.
Enfin, vous n'êtes pas une bête !

CLOVIS (hébété)

Mais Monsieur,.... je ne pense pas.

ROBERT

Eh bien ! quand vous commencez quelque chose,
faites donc preuve d'intelligence !
Ne jetez pas tout sur cette table, comme vous

venez de le faire ; montrez que vous n'êtes pas in-
différent pour tout ce qui concerne l'art, la symétrie.

Il existe, vous ne l'ignorez pas, un certain talent
pour placer ces mille objets qui nous environnent.
Exemple : des fleurs dans un vase, des bibelots sur
une étagère, des livres posés négligemment sur
une table, toutes ces choses sont des riens (*Gravement*), mais c'est tout.

CLOVIS, sur le même ton

Tout, oui tout..

ROBERT

Je vois avec peine depuis deux jours, que vous man-
quez absolument d'initiative dans tout ce que vous
faites ; vous hésitez, vous tâtonnez à droite ou à
gauche et vous ne terminez rien. Clovis, mon ami,
votre éducation est à refaire complètement, et dès
demain, nous la recommencerons ferrme.

CLOVIS, tapant du pied

Oui, ferrme.

ROBERT

Taisez-vous.....

CLOVIS

Oui, taisons-nous.

ROBERT

Comment taisons-nous ?

CLOVIS

Oui Monsieur, c'est à moi que je parle.

ROBERT

Silence Monsieur, et suivez-moi dans mes pérégrinations. Ainsi, regardez ce pain, il est mis sens dessus dessous,..... cette bouteille, trop près du verre. et cette carafe trop loin de la bouteille. (*Clovis range.*)

Maintenant retournez-moi ce manche de couteau, avancez un peu cette assiette, qui ne doit pas occuper le centre, mais bien le bord de la table ; c'est trop, plus à droite, non, je me trompe, à gauche veux-je dire.

CLOVIS

Oui à gauche, voulions-nous dire.

ROBERT

A la rigueur, le couvert pourrait rester comme cela. Voyons, reculons-nous à distance, pour juger de l'effet (*Ils se reculent*); oui, c'est à peu près bien ; d'un autre côté maintenant.

Corbleu ! (*Il secoue sa jambe*) faites donc attention, vous marchez sur mon cor,..... pristi !

CLOVIS

Oui pristi !

ROBERT, regardant Clovis

Pristi quoi?

CLOVIS

Oui, pourquoi pristi?

ROBERT

Ah ça! qu'est-ce qui prise ici ?

CLOVIS

Mais Monsieur,..... (*Au public.*) Ah ! cette fois, je n'y comprends plus rien.

ROBERT

Continuons. Vous pensez bien que j'aurais plus tôt fini de faire les choses moi-même que de perdre mon temps à vous les expliquer. Il faut cependant que je vous initie à cette manière de servir dont vous ignorez complètement l'usage !..... (*Prisant.*) Apportez le potage !

CLOVIS

Oui Monsieur, apportons le potage.

ROBERT

Recommandez surtout à Virginie, de le servir chaud ; point essentiel.

CLOVIS

Oui, point essentiel, et à la ligne. (*Il sort à droite.*)

SCÈNE XIII

ROBERT, ARTHUR, ses enfants, puis CLOVIS

ROBERT

C'est drôle, comme il ressemble à mon ami Bonenfant. (*Il s'assied.*)

Je me demande si nous allons pouvoir goûter cinq minutes de tranquillité. (*Arthur et ses enfants arrivent par la gauche.*)

ARTHUR

C'est fait, tu serais resté là deux heures à parlementer, et moi j'ai terminé l'affaire en cinq minutes.

A table les enfants ! (*Tous prennent place à table, Clovis paraît tenant une soupière entre les mains, il saute comme un homme qui se brûle.*)

CLOVIS

Oh ! la, la ! Choc, je me brûle Monsieur. (*Il pose la soupière sur le parquet.*)

ROBERT

Que signifient ces extravagances, Clovis ?

CLOVIS

C'est que le potage est brûlant, Monsieur.

ROBERT

Pourquoi l'apportez-vous si chaud?

CLOVIS

Pour répondre au désir de Monsieur.

ROBERT

Oui, mais Clovis, pas d'exagération s'il vous plaît; je vous demande un potage présentable, mais non brûlant.

(Léon tape avec son couteau sur son assiette.)

Silence Léon, quand je parle.

(Clovis reprend la soupière et va se mettre au fond de la scène, puis revient très doucement jusqu'à moitié, s'arrête, pose sa soupière sur le parquet et la regarde en se tenant le menton, il la reprend ensuite, se rapproche tout près de la table, puis finalement repart au milieu de la scène, pose la soupière de nouveau sur le parquet et va se jeter sur une chaise pour réfléchir profondément. Tous le suivent du regard.

ROBERT

Eh bien Clovis! où en sommes-nous, que faites-vous sur cette chaise?

CLOVIS

Monsieur m'a dit de réfléchir, toutes les fois que je faisais quelque chose,..... or, je réfléchis, Monsieur.

ARTHUR

Oui, tout cela est bel et bien; mais du train que

ça marche, nous serons encore ici demain matin.
En voilà des bêtises !

(Il se lève, prend la soupière, se sert lui et ses en-
fants, puis va la reposer sur le parquet.)

Maintenant débrouillez-vous, pendant ce temps-là
nous allons manger en vous écoutant.

ROBERT

Eh bien Clovis ! Avancez-vous dans vos réflexions ?

CLOVIS

Au contraire, Monsieur, je recule.

ROBERT

Diantre, il faut cependant prendre une décision.
Voyons, expliquez-vous ?

CLOVIS

Voilà, Monsieur. Si je place la soupière au milieu
de la table, elle va gêner Monsieur ; si je la mets
plus à gauche je serai obligé d'ôter le pain, au contraire par la droite elle va contrarier la bouteille.

En présence d'un pareil problème il est certain
que j'ai besoin d'approfondir la situation.

ROBERT (se levant)

C'est bien, fort bien, seulement il serait urgent
que vous preniez une résolution. Suivez-moi atten-
tivement. *(Clovis le suit.)*

J'écarte un peu la bouteille d'un côté et la carafe
de l'autre, puis je prends délicatement la soupière,
avec le plus de grâce possible, je m'approche gra-

vement (*Faisant de gros yeux*) de la table où je pose
la la la.. ..

CLOVIS

Ladite soupière.

ROBERT

Ladite soupière, c'est bien cela, entre les deux
flacons.

ARTHUR (buvant à même à la bouteille)

Oui, vous avez raison ; à la vôtre.

ROBERT (frappant du pied)

Pristi ! Tu m'interromps dans mon cours d'éco-
nomie domestique.

ARTHUR

Ah ! Quant à cela, je m'en bats l'œil, et je rebois
à la tienne !

ROBERT

Tu pourrais bien t'habituer à boire dans un verre.

ARTHUR

Pas moyen, mon cher, de m'humecter le gosier
autrement ; c'est dans mon habitude. Sans compter
que cela économise le temps du garçon.

ROBERT

Comment cela ?

ARTHUR

Parce qu'il n'a pas besoin de nettoyer les verres.

VICTOR

Donne-moi la bouteille, papa?

LÉON

Non là, je veux boire avant toi.

ARTHUR

Oui, bois mon chou, et puis tu la passeras à Victor. (*Léon boit.*)
Mange donc ta soupe, Léon.

LÉON

J'en veux pu là, elle est pas bonne, c'est pour nonon Robert. (*Il la reverse dans la soupière.*)

ROBERT

C'est ce que je disais, c'est pour nonon Robert (*A Clovis.*) Continuons, maintenant Clovis que le potage est posé sur la table, que reste-t-il à faire?

CLOVIS

A le manger.

ROBERT

Mais non! Que ce garçon-là a donc la tête dure! Il faut d'abord le verser dans mon assiette et voici comment l'on doit procéder à cette opération.

Je prends cette poche, je lui fais faire demi-tour, j'allonge le bras en l'arrondissant légèrement, puis, sans émotion, tout simplement je la plonge dans le potage.

Je la relève ensuite horizontalement et avec dextérité je lui fais suivre une ligne droite jusqu'à mon assiette où je verse avec lenteur et prudence, ledit potage.

Mon cher Arthur, ne crache donc pas ainsi sur le parquet.

ARTHUR (se levant)

As-tu fini de chiner ?

ROBERT

Qu'est-ce qu'il dit ?

VICTOR

Où vas-tu papa ?

ARTHUR

Voir à la cuisine, ce que l'on nous prépare à fricoter.

ROBERT

Mais Clovis est là, je suppose.

ARTHUR

Va te promener, j'aurai plus tôt fini de faire, que lui de regarder. (*Il sort à droite.*)

SCÈNE XIV

ROBERT, CLOVIS et les Enfants

(Clovis prend la bouteille et se met en devoir de la déboucher pendant que Robert mange.

ROBERT

Maladroit !..... ne bousculez donc pas ainsi cette fiole, vous avez des mouvements trop brusques, c'est positif

Voici un petit morceau de cire qui vient de tomber, ramassez-le Clovis, on pourrait marcher dessus, et voyez les suites ? Cela abîmerait le parquet, vous seriez obligé de le nettoyer, de le laver, que sais-je moi !

Pourquoi essuyez-vous cette bouteille avec votre tablier ?..... Prenez garde de déchirer l'étiquette *(Clovis pose la bouteille sur la table)*, pas si vivement, vous allez la casser.

Remettez donc un peu ce candélabre. Qu'il a mauvaise mine, ainsi !.....

CLOVIS

Oui, remettons ce candélabre, c'est entendu.

ROBERT

Taisez-vous Clovis, ah ! je n'aime pas les raisonneurs. Tenez-le-vous pour dit.

SCÈNE XV

Les mêmes, ARTHUR

(Arthur paraît à droite, il porte des assiettes dans ses mains et crie.)

ARTHUR

Deux fricandeaux à l'oseille ;.... deux !..... un civet, une côtelette, deux biftecks, deux pommes sautées et un dessert !.... Boum ! .. .

ROBERT

Jobard va ! grand imbécile !

ARTHUR (se mettant assis)

Ah ! oui parlons-en, surtout que je ne sais pas quel est le plus imbécile de nous deux ?

ROBERT

C'est..... *(Appelant)* Clovis ?

CLOVIS

Monsieur,.. .. m'honore.

ROBERT

Apportez le bifteck !

CLOVIS, criant

C'est cela, apportez le bifteck !

ROBERT

Comment, comment ?

CLOVIS

Je me trompe, apportons le bifteck.

(*Il sort à droite*).

SCÈNE XVI

Les mêmes, moins CLOVIS

ROBERT

Il a des qualités, c'est certain, on le formera, Paris n'a pas été fait dans un jour. On me dira que je suis trop minutieux, mais non,..... moi je me trouve très bien comme cela.

ARTHUR

Tiens c'est drôle, c'est comme moi !

SCÈNE XVII

Les mêmes, CLOVIS

(Clovis apporte un plat, il marche en se tenant raide, les bras tendus horizontalement sans regarder ni à droite ni gauche, jusqu'à la table où il le dépose).

Voilà Monsieur.

ROBERT

Eh ! bien ça va, ça ira, il commence à comprendre. C'est bien, c'est très bien mon ami.

CLOVIS, saluant

Monsieur m'honore.

SCÈNE XVIII

ROBERT, ARTHUR, CLOVIS

(Pendant que Robert mange, les enfants sortent, Clovis range, et Arthur met les pieds sur la table, en fumant un cigare.)

ROBERT

Je t'en prie, Arthur ôte donc tes pieds de là.

ARTHUR

Pas un mot de plus, Robert, ou je les mets dans la soupière.

ROBERT

Mais enfin, tu es vraiment sans gêne. A Paris, cela ne se fait pas !

ARTHUR

A Paris, possible, mais ailleurs ?

ROBERT

Ailleurs, non plus.

ARTHUR

Qu'en sais-tu ? toi qui n'es jamais sorti de ton trou, si ce n'est pour faire le voyage en bateau-mouche d'Auteuil à Charenton.

ROBERT

Pardon, et mes voyages avec les membres de la Société d'Archéologie, à Chenonceaux, Meaux, Fontainebleau, Vincennes et Rambouillet ?

ARTHUR

Ah ! oui en voilà de jolis ports de mer, parlons-en. Si tu avais roulé ta bosse comme moi dans New-York, Philadelphie, Boston, Providence, Baltimore, Washington, Richmond, Charlestown, Havane, Nouvelle-Orléans, Natchez, Memphis, Saint-Louis, Nashville, Madison, Cincinnati et le

, resto ; tu pourrais dire que tu as voyagé ! Moi, j'en ai vu et revu du pays ! Je peux m'en flatter ! J'ai monté en haut de l'Adirondack, cette chaîne de montagnes de l'Etat de New-York, qui prolonge les monts Alleghanys et s'arrête en promontoire abrupt, aux bords du lac Champlain.

ROBERT

Comment, tu as visité toutes ces contrées ?

ARTHUR

Je me le demande. (*Continuant.*) Et la cité d'Aberdeen. en voilà un pays où j'ai goûté des plaisirs bien doux et bien purs. Mon cher c'est une ravissante petite ville du Mississipi, elle s'étend avec une nonchalance incomparable, sur la rive argentée de Tombigbec (*Il prononce Ton bifteck*) à 300 kilomètres de Mobile dans le comté de Monroé. Site charmant ! vue pittoresque ! et gentil port de mer, où j'ai pas mal chargé de balles de coton sur les vaisseaux.

ROBERT

Tu as porté des balles de coton ?

ARTHUR

Oui, j'en ai porté, je m'en suis fait. Et je n'en suis pas plus fier pour ça. (*Se levant.*) Mais mon cher, j'arrête, car si je voulais te raconter toutes mes aventures, nous serions encore ici demain matin !

(*Il sort à gauche.*)

SCÈNE XIX

ROBERT, CLOVIS

ROBERT

Je n'en doute pas, c'est plutôt le contraire qui m'étonnerait.

Clovis !..... Allez donc chasser cette mouche qui bourdonne ainsi depuis cinq minutes.

Ne marchez pas si fort !..... rustaud, va !

Il est inutile que tout le monde sache ce que l'on fait chez moi !

Souvenez-vous qu'on doit faire tout, sans bruit et sans éclat. (*On sonne.*) Tiens ! on sonne, allez donc voir qui ce peut être.

(Clovis sort.)

ROBERT (seul)

Si j'ai un moment cette-après-midi, j'irai faire une petite visite à Bonenfant ; je commence à trouver son absence prolongée un peu singulière.

CLOVIS, apportant un tableau et une facture (1)

Monsieur, voici un tableau et une facture que l'on vient de me prier de vous remettre.

ROBERT

Ah ! oui, c'est vrai, il s'agit très probablement du

---

(1) Pour jouer cette scène on trouvera chez les libraires, encadreurs, etc., des chromos à bon marché qui rempliront parfaitement le but. Il suffira de les encadrer.

portrait de ma chère épouse. Tous ces tracas me
l'avaient totalement fait oublier.

Voyons, cette facture. (*Il déchire l'enveloppe.*)
Bigre! (*Il fait la grimace.*) Ça monte un peu plus
haut que je ne comptais..... 300 francs! C'est
cher..... A ce prix il doit être supérieurement
réussi?..... Clovis!

CLOVIS

Monsieur.

ROBERT

Déballez donc ce tableau, je vous prie. (*Clovis le
déballe et le présente à Robert la tête en bas. Robert
s'approche et l'admire avec son binocle.*) Oh! qu'il
est..... Mais que faites-vous donc, maladroit? Vous
me le présentez à l'envers. (*Le retournant avec un
geste d'impatience.*) Là, comme ceci, c'est mieux.
(*L'admirant*). Oh! qu'il est beau!..... Qu'il est
joli!..... Qu'il est magnifique! Rien à dire.

CLOVIS (s'approchant)

Oui, il n'a pas l'air trop mal réussi.

ROBERT

Monsieur Clovis, je vous prie de ne pas troubler
mes épanchements de famille. Priez mon frère de
venir admirer ce tableau.

CLOVIS

Tout de suite, Monsieur.

(Il sort à gauche.)

SCÈNE XX

ROBERT (seul)

C'est qu'il est frappant !..... comme c'est bien là son front candide et pur, tel que je l'ai vu au printemps de sa vie !..... Et ces cheveux bouclés sont-ils assez réussis ?..... Comme ils encadrent bien son doux visage et font ressortir la blancheur de sa peau ! Quelle sérénité et quel calme dans tous ses traits !..... Oh ! c'est bien elle, on dirait qu'elle va parler.

C'est maintenant que je puis dire avec le poète :

> Son regard
> Son doux sourire,
> Me rappelle
> Le plus beau de mes jours.

Ce peintre a vraiment du talent..... Il est vrai que 300 francs, c'est de l'argent !..... mais bah ! à cela près, c'est une dépense qui ne revient pas tous les jours.

Cher ange !..... enlevée si jeune à mon affection ! Ame sœur de mon âme !..... Cœur de mon cœur !.... Pensée de mes pensées ! (*Joignant les mains.*) Oh ! ma douce Clara ! je t'ai juré un amour éternel et je ne faillirai pas à mon serment.

SCÈNE XXI

ROBERT, ARTHUR et ses Enfants

(Arthur et ses enfants arrivent par la gauche.)

ARTHUR

Il paraît que tu viens de recevoir un tableau ? (*Il le regarde.*) Pas trop mal, c'est ton épouse ? Mes compliments, tu n'avais pas mal choisi. Chic, très chic, c'est pschutt !

LÉON

Montre voir, dis papa ? (*Il saisit le tableau.*)

ARTHUR

Ne mets pas tes doigts sur la peinture, tu vas l'abîmer.

LÉON

Pourquoi qu'elle a les cheveux rouges, dis papa ?

ARTHUR

Tais-toi donc, nigaud.

ROBERT

Eh ! bien Victor, tu ne veux pas regarder le portrait de ta tante ? (*Il le pose contre le dossier de la chaise.*)

VICTOR (pleurant)

Non ! non ! elle est trop vilaine, elle a un œil qui louche.

ARTHUR

Ne fais donc pas l'enfant, embrasse-la..... pour faire plaisir à ton oncle.

VICTOR

Non !..... je veux pas, elle me montre ses dents, comme si elle voulait me manger ; c'est pas une femme, c'est une ogresse.

ROBERT

Ne le force pas, Arthur, je t'en prie. (*Il vient sur le devant de la scène parler avec son frère.*)

LÉON (à son frère)

Ah ! c'est une ogresse, tu en es sûr ?..... Eh bien, moi, je n'en ai pas peur, tu vas voir.
(*Il va prendre sous la cheminée la pelle à feu, puis s'avance près du tableau, qu'il crève d'un seul coup, de part en part*).
Crac ! crac ! v'lan !

LÉON (triomphant)

Et je l'ai crevé encore..... ah !

ARTHUR (abasourdi)

Pour le coup, voilà le bouquet ! Sauve qui peut !
nous allons avoir un tremblement de terre !

Crapauds d'enfants ! ces gamins-là n'en font pas
d'autres ; pour un rien, je leur enverrais des talo-
ches !

(Il se sauve à gauche avec ses enfants.)

ROBERT (anéanti)

Mon portrait !..... mon pauvre..... pauvre portrait ! (*Avec des larmes dans la voix*) un chef-d'œuvre
que j'avais reçu il y a dix minutes !..... auquel je
réservais la place d'honneur dans mon salon ! (*Met-
tant les mains sur son cœur.*) Oh !..... ça vient de me
donner un coup, qui m'abrège de dix ans !.....
Fatalité !...... Mais je..... oui..... oh ! quelle catastrophe !..... Je sens ma tête qui va éclater comme
un obus chargé à mitraille. (*Il roule des yeux.*) Il
me faut une vengeance !..... elle sera terrible !
complète ! il n'y a pas de tourments que je.....
(*Tombant sur une chaise.*) Je ne sais plus ce que je
veux dire. (*Il reste ainsi quelques secondes, puis se relevant d'un bond.*) Mais, sac à papier !..... mais, morbleu, c'est que je ne l'ai pas encore payé !..... (*Se
radoucissant et parlant d'un air pleurard.*) Quel scan-
dale !..... une main criminelle a osé (*Il élève la voix*)
se lever sur ce tableau et frapper mon épouse bien-
aimée !.....
Oui !..... la frapper, dans son image trois fois
sacrée, à mes yeux ! (*Frappant du poing et du pied.*)
Il y a eu triple délit : deux fois pour elle et une fois
pour moi !.....
Et l'on voudrait que j'admette cela !..... oh ! non !
non ! jamais ! (*Il retombe accablé sur sa chaise, puis il

continue avec amertume.) Qu'est-ce qu'on veut que j'en fasse à présent ?... Un revendeur ne m'en donnerait pas vingt centimes! J'en suis réduit à le porter au grenier. (*Il va pour sortir avec le tableau.*)

SCÈNE XXII

ROBERT et CLOVIS

CLOVIS (rentrant par la gauche)

Monsieur, on pourrait peut-être le réparer.

ROBERT (furieux)

Tais-toi, malheureux! tiens, tu paieras pour tout le monde. V'lan, porte-moi cela au grenier. (*Il lui enfonce d'un seul coup le tableau au travers de la tête.*)

CLOVIS (hurlant)

Au secours !..... à l'assassin ! Monsieur est fou ! (*Il s'enfuit à gauche, suivi de Robert; la scène reste vide un instant*).

SCÈNE XXIII

LÉONARD et CHAVAGNAC

Ils entrent par la droite

CHAVAGNAC

Ah ! bougri, ch'est pas de la blague, j'ai bien dîné, j'ai mangé une potée de pommes de terre, qui peut compter au piquet !

LÉONARD

On pile dur, par ici. Depuis le temps qu'ils tortorent, ils doivent en avoir dans le fusil !

CHAVAGNAC

Maintenant, nous allons tâcher de continuer notre bejogne, il faudrait faire un peu de mortier pour reboucher la cheminée.

LÉONARD

Tu n'as pas vu mon tendelin ?

CHAVAGNAC

Il n'est plus là ? tiens,..... est-che qu'il cherait parti tout cheul ?

LÉONARD

Si nous fumions une bouffarde ?

CHAVAGNAC

Ah ! ch'est une bonne idée, churtout que cha fachilite la digéchion. (*Ils fument.*)

SCÈNE XXIV

Les mêmes, CLOVIS

Clovis entre par la gauche, sans voir les deux maçons.

CLOVIS

Monsieur va mieux (*Soupirant*), oui, beaucoup mieux, mais moi, ça ne va pas.....
A propos, son frère lui a payé le dégât du tableau, il en sera quitte pour faire recommencer celui qui est crevé !
Pour ce qui est de moi, *n, i, ni,* c'est fini, je vais lui rendre mes insignes..... Oui, j'ai assez goûté du service et je file, vite, vite, raide et au galop, sans demander mon reste ! (*Il se sert un verre de vin et le boit.*) Ah !...... il fallait ça pour me remettre.

CHAVAGNAC

A votre chanté l'ami, merchi, ch'est pas de refus.

CLOVIS

Tiens, je ne vous savais pas là, je vous en offrirais bien un verre, mais il n'en reste plus dans la bouteille.

CHAVAGNAC

Nous n'avons pas de chanche, dites donc, pourriez-vous me donner un peu d'eau pour faire du chiment, la première embêche venue chuffira.

CLOVIS

Attendez, je vais vous en envoyer de suite. (*Il sort à droite, on entend un orgue jouer à la sourdine dans les coulisses.*)

SCÈNE XXV

ROBERT et CHAVAGNAC

CHAVAGNAC

Bougri, on ne che fait plus de bile, ichi, je crois qu'on joue de la mugique.
Attendez une minute, du moment qu'on ch'amuse, ch'en chuis. (*Il se met à danser.*)

LÉONARD

Qu'est-ce qui te prend donc ?

CHAVAGNAC (criant)

Tu le vois bien fouch'tra, on fait de la mugique, et moi je danche.

LÉONARD (dansant)

Un instant, dit Goudebrand, on ne danse pas sans les amis.

SCÈNE XXVI

Les mêmes, RORERT

(Robert entre par la porte de gauche, Chavagnac et Léonard se remettent aussitôt à travailler, l'orgue s'arrête).

ROBERT

Ah ! ah ! Vous venez continuer ce travail, c'est bien. Tâchez de nous terminer cela le plus vivement possible. (*L'orgue joue*). Voilà encore mon Jocrisse qui recommence ses calembredaines. (*Il s'approche de la fenêtre, écarte le rideau et regarde contre les vitres.*) Toute la maison est aux fenêtres pour le voir. Croiriez-vous qu'il s'amuse à faire le saut périlleux sur un tapis ? (*Remontant vers le public pendant que l'orgue s'arrête.*) Tout à l'heure je le suppliais de rester tranquille, il m'a répondu que ce qu'il en faisait, c'était pour oublier le tableau qu'il m'a payé, et noyer ses chagrins ! (*Il revient à la fenêtre*). Allons, bon, voici bien autre

; chose maintenant. (*Chavagnac se met à regarder par l'autre fenêtre.*) Le voilà qui forme une pyramide arabe. (*L'orgue joue.*) Voilà le concierge et son fils qui montent sur ses épaules. Oh! les nigauds. (*L'orgue s'arrête net, on entend des cris perçants.*) Pristi! là...... J'en étais sûr, ils viennent de faire un faux mouvement, les voilà tous par terre!..... Imbéciles!.....

CHAVAGNAC (riant)

Ah! Fouch'tra!..... en voilà une dégringolade. Ch'est rigolo, ichi, on en voit pour chon argent!

ROBERT

Ah! Les malheureux! Ils sont bien avancés maintenant, les voilà qui s'en vont tous clopin clopant, et dans un drôle d'état!

SCÈNE XXVII

Les mêmes, VICTOR

(*Victor entre par la droite, portant un baquet d'eau dans ses mains.*)

VICTOR

Voici l'eau que vous avez demandée.

CHAVAGNAC

Merchi mon homme, que le bon Dieu te le rende.

SCÈNE XXVIII

Les mêmes, LÉON et CLOVIS

(Ils arrivent par la porte de gauche, Clovis tient une valise à la main.)

LÉON, courant vers son oncle

Nonon Robert ! Papa vient de tomber, il a toute la mâchoire en sang et ne peut plus parler. Il s'en va kokoquiquibroubrou !
Et puis tu ne sais pas, Clovis veut s'en aller.

ROBERT, surpris

Comment, comment,..... ce n'est pas possible..... Oh ! Clovis.

CLOVIS

Oui, Monsieur, j'en ai suffisamment comme cela, je rends mes épaulettes, non, je veux dire, mon tablier, ma fausse barbe, ma perruque et mon ventre factice. *(Il passe ces objets un par un à Robert ahuri.)*

ROBERT, étonné

Tiens!..... Comment!..,.. Ah! par exemple.....
Mais.,.... Mais, c'est Bonenfant.

BONENFANT

Lui-même!..... en personne, qui ne compre-
nant rien à ce va et vient perpétuel de domestiques chez toi, s'est engagé à ton service sous ce
déguisement, pour en avoir le cœur net et connaître à fond ton caractère!

ROBERT

C'est une trahison, je.....

BONENFANT

Ecoute, Robert, je suis ton ami, permets-moi en
cette qualité de te parler en toute franchise. Tu es
beaucoup trop minutieux, que diantre! Il faut
aimer l'ordre, la propreté, la symétrie, c'est vrai,
mais il faut bien se garder de tomber dans un
excès contraire; c'est-à-dire avoir du soin jusque
la manie et faire faire à son domestique des
bêtises et des niaiseries sans noms. Oui, c'est du
dernier ridicule et cela n'a pas le sens commun!
Comment veux-tu que je te trouve un bon serviteur? C'est impossible, tu en prendras cent, tu
en prendras mille, tu ne pourras jamais en garder
un seul!

SCÈNE XXIX

Les mêmes, ARTHUR

(Arthur arrive par la gauche, il a un bandeau sur la figure et marche péniblement avec une canne.)

ROBERT

Mon pauvre frère!..... dans quel état tu t'es mis.

ARTHUR, s'efforçant de parler

Ah! Kokoquiquibroubrou.

BONENFANT

Tiens, te voilà, saltimbanque, tu as bonne mine à présent, je suis en train de donner un avis à ton frère, arrive, tu pourras en faire ton profit. (*Se tournant vers l'un et vers l'autre.*)
Oui! Croyez-moi, changez tous les deux votre manière d'agir, pendant qu'il en est temps encore et laissez-moi vous donner. en terminant, un conseil qui vaut son pesant d'or.

ROBERT

Parle, mon brave Bonenfant, je suis prêt à suivre tes avis.

ARTHUR, bégayant

Koquoquuoquiquiquibroubroubrou.

BONENFANT, avec gravité

Eh bien! C'est de mettre à l'avenir, tous les deux, un peu d'eau dans votre vin.

CHAVAGNAC, gaiement

Ch'est cha! fouch'tra de la Catarina, et à nous de nous en donner du pur!

La toile tombe.

LES BRIGANDS

OU LE

RETOUR DE L'ENFANT PRODIGUE

Pièce dramatique en trois actes

PAR

l'Abbé X...

SUPÉRIEUR DE COLLÉGE

———✳———

LES BRIGANDS

OU

LE RETOUR DE L'ENFANT PRODIGUE

———+———

PERSONNAGES

MARCELLIN fils, soldat volontaire rentrant au pays.
MARCELLIN, ex-notaire, père du premier.
ZACHARIE, domestique de M. Marcellin.
BARDOU, mendiant.
UN CHEF de brigands.
BERGERAC et DAGOBERT, brigands.
Brigands.

PREMIER ACTE

La scène représente une forêt

SCÈNE PREMIÈRE

MARCELLIN et BARDOU

MARCELLIN, seul

Il paraît, sabre de bois, que je dois faire aujourd'hui une étape, qui en vaudra bien une autre. Voilà cinq heures que je marche et depuis trois heures je ne puis sortir des bruyères et des bois. C'est, on le croirait, un pays de sauvages, on s'y promènerait cent ans qu'on n'y verrait pas la queue d'un chat. Mais quoi qu'il en soit, barbe de sapeur, je reste ici au moins une bonne heure : je ne puis pas marcher toujours comme le Juif-Errant. (*Il boit de l'eau.*)

En voilà du vin blanc, qui ne vous fera pas mal à la tête et qui vous donne du cœur au ventre ! Il a du moins l'avantage de ne pas coûter aussi cher que celui de la mère Cartahu. Mais heureusement la voleuse ne m'a pas pris tout mon argent : il m'en reste encore pour mon vieux père. Dans trois jours, je l'espère, j'arriverai au pays, sans y être attendu..... mais je ne repars pas d'ici avant d'avoir fait un bon somme, car je n'y tiens plus de fatigue. (*Il se couche et s'endort.*)

BARDOU, mendiant

(*Il arrive par la droite et s'arrête devant le soldat.*)

Un soldat dans cet endroit désert ! Quel malheur que ce ne soit pas un millionnaire ayant sa fortune en poche. Il y a si longtemps que la mienne est vide. Un soldat ça n'a pas le sou. Voyons pourtant dans son sac..... Mais une idée. Si je le vendais lui-même. Je connais le chef d'une bande de brigands, qui habitent dans les environs ; nous ne sommes pas amis, c'est vrai, car il a peur de moi, mais tant mieux, il me le paiera plus cher.

Attention... laissons-le dormir à son aise.

SCÈNE II

MARCELLIN et DAGOBERT

DAGOBERT, entrant par la gauche

Tiens, mais quel est donc ce camarade, qui dort ici si tranquillement ? Est-il seul au moins ?

Ah ! c'est un pauvre diable égaré sans doute, je m'en vas lui montrer son chemin, en le conduisant à notre chef. Nous l'enrôlerons dans la bande. Réveillons-le donc.

Eh ! bien, l'ami, que faites-vous donc au milieu de ces bois, mais ne savez-vous pas qu'ils sont remplis de malfaiteurs !

MARCELLIN se relevant

Ah ! vraiment ; je n'en savais rien, car je ne connais point ce chien de pays. Je marche depuis cinq heures ce matin et je marche sans savoir trop où je vas arriver. Je me guide sur le soleil.

DAGOBERT

Mais où voulez-vous vous rendre ?

MARCELLIN

Je rentre dans mes foyers donc.

DAGOBERT

Mais d'où êtes-vous, mon ami, si la question n'est pas indiscrète ?

MARCELLIN

Nullement. Je suis de Montauban.

DAGOBERT

Vous venez de.....

MARCELLIN

De Castel-Sarrasin.

DAGOBERT

De Castel-Sarrasin et vous allez à Montauban ?
Mais vous faites fausse route et en continuant de
la sorte, vous n'arriverez pas dans huit jours. Pour
quand êtes-vous attendu ?

MARCELLIN

Personne ne m'attend que je sache. On me croit
mort, je le suppose, car je n'ai plus que mon père
que j'ai quitté à quinze ans et depuis je ne lui ai
pas donné de mes nouvelles.

DAGOBERT

(*A part.*) Tout s'arrange pour le mieux. (*Haut.*)
Je vais si vous le voulez, mon ami, vous montrer
un sentier, qui vous ramènera dans la route de
Montauban.

MARCELLIN

Mais je profiterai volontiers de votre obligeance, bien que je sois un peu fatigué. Allons, pistolet de gendarme, pas accéléré, en avant, marche.....

(Ils sortent.)

SCÈNE III

BARDOU, le CHEF et deux BRIGANDS

BARDOU

Par ici... par ici... approchez doucement ; il dort. Mais où est-il ? Il a changé de place. Ah ! mais il est parti.

LE CHEF

Empoignez-moi ce gredin. Ce n'est pas la première fois que tu me trompes, mais tu la paieras pour ce coup-ci. Rends-moi d'abord ce que je t'ai donné, ce serait un poids de plus pour ta conscience. Vous autres, emmenez-moi ce misérable et pendez-le de la belle manière.

BARDOU

Grâce, je vous en supplie ; je vous assure que je

n'ai point voulu vous tromper. Grâce pitié pour cette fois.

LE CHEF

Emmenez-moi ce misérable, vous dis-je. Je n'ai point de pitié pour les lâches.

(Ils l'emmènent.)

SCÈNE IV

LE CHEF

J'ai eu tort de laisser trop longtemps cette vipère habiter nos bois, elle aurait fini par nous mordre. Il connaît tous nos secrets, toutes les issues de nos souterrains, il sait quelles sont nos forces et pour quelques sous le fourbe nous attirerait ici une armée tout entière. Je le connais depuis longtemps et nous n'aurons désormais plus à le craindre. (On entend un signal.) Approchez les amis.

SCÈNE V

LE CHEF, BERGERAC et un ou deux autres brigands

LE CHEF

Vous avez l'air bien inquiets ?

BERGERAC

Peut-être pourrez-vous nous tranquilliser ; mais nous avons été bien surpris de voir tout à l'heure à quelques pas d'ici un homme en habit gris, se sau vant à toutes jambes.

LE CHEF

C'est le traître Bardou. Dans quelle direction ?

BERGERAC

Par le sentier du Vieux-Hêtre.

LE CHEF

Vous l'avez vu s'enfuir et pourquoi ne lui avez-vous donc point décoché une balle. Oui, tout le monde me trahit.

SCÈNE VI

Les mêmes et les deux premiers brigands

LES DEUX PREMIERS BRIGANDS

Nous voici, capitaine, nous avons expédié votre homme chez Pluton.

LE CHEF

Vous mentez, viles canailles, vous lui avez accordé la liberté et avant deux jours peut-être nous serons traqués ici comme dans une souricière.

UN DES DEUX PREMIERS BRIGANDS

Il a coupé ses liens, pendant que nous cherchions un arbre pour le pendre.

LE CHEF

Vous me la paierez tôt ou tard, mais allons tous

ensemble à sa recherche, car il nous trahira. Malheur à vous si nous ne le retrouvons pas. (*Ils sortent.*)

SCÈNE VII

BARDOU

Oui, cours après... Mon Dieu, j'en suis encore tout ému Je puis me vanter d'avoir vu la mort de près, mais c'est égal. ça a été pour moi une leçon profitable. Quel terrible compte j'aurais eu à rendre en arrivant là-bas. Mais c'est fini, je veux maintenant réparer le passé. Je promets de faire exterminer tous ces coquins, qui ne vivent que de vols et de brigandages, et si je puis retrouver ce pauvre jeune homme que j'ai voulu trahir, fût-il entre leurs mains, que je l'en arracherais. Heureusement tous ces coquins-là ne me connaissent pas encore.

La tolle tombe.

DEUXIÈME ACTE

Même décor

SCÈNE I

LE CHEF ET LA BANDE

Voilà vraiment une journée de malchance et qui pourra nous coûter cher. Je redoute ce Bardou comme un serpent, il nous dénoncera et nous succomberons. Mais comment donc a-t-il pu échapper à nos recherches ? S'il avait suivi le sentier du Vieux-Hêtre, nous l'aurions certainement rejoint : il a dû faire un détour et gagner l'autre côté de la forêt. Nous allons recommencer nos perquisitions. — Mais qui va là ? Attention.

SCÈNE II

Les mêmes, DAGOBERT et MARCELLIN

DAGOBERT

Capitaine, voici un jeune homme que je vous

amène. Je l'ai trouvé endormi dans la forêt, c'est un militaire retournant dans son pays ; il a fini son congé et saura faire le coup de feu.

LE CHEF

Bien, mon ami, si ton protégé se conduit bien, tu n'y perdras rien. — (*Au soldat.*) Ainsi, vous êtes des nôtres, jeune homme.

MARCELLIN

Que voulez-vous dire ? Je ne comprends rien à toute cette comédie. Je suis égaré, on me propose de m'indiquer la route de Montauban, on m'amène ici et maintenant on me propose de m'enrôler dans je ne sais quelle compagnie.

LE CHEF

Soyez tranquille, mon cher, nous ne voulons que votre bien et vous verrez que nous vivons gaiement.

MARCELLIN

Vivez comme bon vous semble, mais laissez-moi continuer ma route et rejoindre mon vieux père.

LE CHEF

C'est bien, c'est bien, nous vous expliquerons

tout cela plus tard. En attendant vous êtes des nôtres. Bergerac et Dagobert, vous ne connaissez pas celui que nous allons chercher, vous tiendrez compagnie à notre nouveau camarade et vous m'en répondez sur votre tête.

BERGERAC

Suffit, capitaine.
                    (*Le chef et les brigands sortent.*)

SCÈNE III

MARCELLIN, BERGERAC, DAGOBERT et BARDOU

MARCELLIN

Vous m'avez donc trahi, vil espion. Vous avez abusé de ma confiance pour me conduire au milieu de votre bande. Mais, sachez-le bien, jamais je ne prendrai part à vos brigandages ; vous me tuerez, si cela vous fait plaisir, mais jamais vous ne ferez de moi un voleur.

DAGOBERT

Voilà bien assez de paroles, mon jeune ami, vous voilà animé d'un beau zèle ; mais la réflexion vous fera peut-être changer d'idée.

MARCELLIN

Non jamais; non jamais.

BARDOU (contrefaisant le fou)

Non jamais, non jamais.

DAGOBERT

Qui vive ! n'approche pas ou je fais feu. Qui vive !

BARDOU

Je ne sais pas.

DAGOBERT

Ton nom ?

BARDOU

Je ne sais pas.

DAGOBERT

D'où viens-tu ?

BARDOU

Du trou au renard, de chercher des taupes.

DAGOBERT

Ou vas-tu ?

BARDOU

Je ne sais pas.

BERGERAC

Ah ! gredin, je parie que c'est toi qu'on est à chercher depuis deux heures ?

BARDOU

Je ne sais pas.

DAGOBERT

Es-tu fou ? Ne vois-tu pas que c'est un idiot ? Dis donc, l'ami, approche... Eh bien ! approche donc... Qu'as-tu ?... Ah ! je vois, c'est mon arme qui te fait peur. Approche, je ne te ferai pas de mal. Sais-tu chanter ?

BARDOU

Oui, mais pour un sou.

BERGERAC

Eh bien ! chante et danse, on t'en donnera deux.

BARDOU

Gais sont, sont, sont les gas de Locminé...

BERGERAC

C'est très bien, tiens voilà tes deux sous, viens t'asseoir ici ; tu nous aideras à passer le temps.

DAGOBERT

Qu'est-ce que tu as dans ta gourde ?

BARDOU

Je ne sais pas.

DAGOBERT

Montre-nous toujours. (*Il ouvre la gourde et sent.*) De l'eau-de-vie ! Au moins tu permettras qu'on y goûte.

BARDOU

Je ne sais pas.

DAGOBERT

Tiens, Bergerac, avale le reste et tu m'en diras des nouvelles.

BERGERAC

Excellente. Eh bien ! l'ami, combien la vends-tu la bouteille ?

BARDOU

Je ne sais pas.

BERGERAC

Le fait est que tu ne nous as pas vendu celle-là bien cher, mais quand tu en auras de pareille, j'espère bien que tu nous la feras goûter.
Prends ta gourde et chante-nous quelque chose.

BARDOU

Pour un sou ?

DAGOBERT

Tu ne fais rien pour rien, il paraît, mais va pour un sou et, si tu chantes bien, on t'en donnera deux.

BARDOU

C'est le bon père Noë, etc.....

(*Les deux brigands s'endorment.*) (*Bas au soldat*)
Jeune homme, sauvez-vous à présent ; je n'ai fait

le fou que pour vous délivrer, et la boisson que je leur ai donnée les a endormis.

MARCELLIN

Oh ! merci..... Mais, et vous ?

BARDOU

Pas un mot, je vous prie, nous nous reverrons peut-être, mais je dois rester encore dans cette forêt pour faire saisir cette bande de malfaiteurs. Votre adresse ?

MARCELLIN

Chez M. Marcellin, ex-notaire à Montauban. Au revoir. (*Il sort à gauche.*)

RARDOU

Sans adieu..... (*Un des brigands remue.*) La troup'in, p'in, p'in, etc. (*Il se sauve lui-même à gauche.*)

SCÈNE IV

Le chef et toute la bande arrivant par la droite

LE CHEF

Ce Bardou est né pour mon malheur; j'aurais dû écraser moi-même cette vipère. Mais arrêtez..... voilà nos gardiens !..... Oui, tout le monde me trahit. Qu'on me prenne ces hommes et qu'on les fusille.

UN BRIGAND

Grâce, capitaine, grâce pour eux.

LE CHEF

Ceux qui demanderont grâce auront le même sort. Emportez-les, vous dis-je. Je veux être témoin de leur supplice.

La toile tombe.

TROISIÈME ACTE

La scène représente une chambre

SCÈNE I

ZACHARIE

Allons, je viens d'acheter de la sardine, mais on me l'a vendue bien cher. Je vas lui donner ça ce midi avec des pois. Jarnicoton, ça coûte-t'y de vivre tout d'même. On a tout renchéri depuis quelque temps, on vous vend tout au poids de l'or, on vous gruge le pauvre monde. J'suis obligé de travailler jour et nuit pour faire vivre mon bon maître ; mais c'est égal, je parviens à nouer les deux bouts de la chaîne. S'il n'mavait pas, l'pauvre Monsieur, pour le consoler et l'nourrir, que deviendrait-il, lui qui a perdu sa femme depuis vingt-deux ans et qu'son fils a lâchement abandonné depuis treize ans ? J'lavais un p'tit brin gâté tout d'même, le pauvre enfant : mais j'laimais tant ; je l'croyais sans défauts. Vrai, je n'peux pas croire qu'il ait tout à fait abandonné son pauvre père.

SCÈNE II

M. MARCELLIN, ZACHARIE

M. MARCELLIN

Eh bien! Zacharie, il me semble t'entendre causer tout seul. Depuis quand es-tu donc de retour?

ZACHARIE

J'arrive, Monsieur, et voici tout c'que j'ai pu trouver, d'la sardine fraîche que j'vais vous servir avec des pois. Je regrette ben de n'avoir pas pu trouver autr'chose.

M. MARCELLIN

Mais, mon cher, c'est déjà bien trop. Je n'sais pas où tu peux prendre tout l'argent que tu dépenses pour moi. Je n'te paie point de gages, je n'te donne presque jamais d'argent et tu me sers comme avant mon changement de fortune.

ZACHARIE

Mais, Monsieur, d'la sardine, ça n'coûte pas cher.

M. MARCELLIN

Ça n'coûte pas cher c'est vrai, mais enfin ça coûte quelque chose et qui n'a rien n'peut rien donner.

ZACHARIE

Tenez, Monsieur, ne parlons plus de ça, ça m'fait d'la peine. Mais j'entends quelqu'un qui vous appelle, j'y cours. (*Il sort.*)

SCÈNE III

M. MARCELLIN, ZACHARIE, MARCELLIN jeune

MARCELLIN jeune (dans la rue)

Rue Pot-de-Terre, n° 15, M. Marcellin.

ZACHARIE (rentrant)

C'est un militaire avec un billet de logement.

M. MARCELLIN

Faites-les entrer, j'aime à voir les militaires, ça me rappelle mon pauvre enfant.

MARCELLIN jeune

Pardon, excuse, Monsieur, mais je suis porteur d'un billet, qui me promet ici un lit et place au feu et à la chandelle.

M. MARCELLIN

Assurément, jeune homme, et je veux même que vous diniez avec moi, car j'aime les braves comme vous. Moi aussi, voyez-vous, j'ai un fils à l'armée. Mais asseyez-vous donc, mon ami, je vais vous conter tout ça en deux mots.

MARCELLIN jeune

Merci, Monsieur, j'commence en effet à être fatigué, car j'ai fait aujourd'hui huit lieues.

M. MARCELLIN

Huit lieues, mais vous êtes donc parti de bonne heure?

MARCELLIN jeune

Oui, car il fait chaud voyager sur le milieu du jour.

M. MARCELLIN

Zacharie, viens donc chercher le sac de notre hôte et tu le porteras dans sa chambre.

ZACHARIE

Vrai, quand je vois un militaire, je crois toujours voir M. René.

MARCELLIN jeune

Et quel René ?

ZACHARIE

Ah ! Monsieur, un enfant qu'j'aimais bien et que j'voudrais bien revoir.

M. MARCELLIN

Mon fils, qui doit être à l'armée, s'il n'est point mort, qui m'a quitté à l'âge de quinze ans et dont je n'ai jamais eu de nouvelles depuis. Ah ! le pauvre enfant, s'il savait tout ce qu'il m'a fait souffrir, il ne m'aurait jamais abandonné, car je suis sûr qu'il avait bon cœur.

MARCELLIN jeune

Mais vous le reverrez, il viendra vous demander pardon.

M. MARCELLIN

Je ne l'espère plus, je l'ai espéré trop long-temps.

MARCELLIN jeune

Le voici, mon père, le voici à vos pieds, vous demandant pardon.

M. MARCELLIN

Mon Dieu ! est-ce possible. Ah ! mon enfant, de grand cœur je te pardonne.

ZACHARIE (entrant)

Qu'est-ce que c'est que tout ça, c'est-t'y li. Mon Dieu ! c'est-t'y li.

M. MARCELLIN

Mais oui cher Zacharie, c'est mon René qui m'est rendu ce cher enfant prodigue !

ZACHARIE

Ah ! M. René, que de fois j'ai pensé à vous, que de fois j'ai parlé de vous à Monsieur votre père ! que je suis heureux de vous revoir !

M. MARCELLIN

Ah ! désormais nous vivrons heureux ensemble..... Mais cependant, ma fortune, mon pauvre enfant, n'est plus ce qu'elle était autrefois.

MARCELLIN jeune

Soyez sans inquiétude, mon père, j'ai de quoi nous faire vivre tous les trois et du reste je suis jeune encore et pourrai travailler.

ZACHARIE

Ah ! jarnicoton, c'est trop de bonheur d'un coup.

M. MARCELLIN

Mais va donc voir, Zacharie, qui vient de sonner à la porte ? *(Zacharie sort.)*
Mais, mon enfant, dis moi donc d'où tu viens.

MARCELLIN jeune

Mon père, je vous raconterai toute mon histoire une autre fois, je vous dirai seulement aujourd'hui que je suis depuis huit jours en route et que j'ai été pendant quelques heures prisonnier d'une bande de brigands.

ZACHARIE (rentrant)

C'est un étranger, qui demande si un militaire n'est point entré ici et voudrait absolument lui parler.
Je l'ai fait entrer, le voici.

SCÈNE IV

Les mêmes et BARDOU

MARCELLIN jeune

Ah ! c'est mon libérateur ! Vous êtes donc libre aussi, quel bonheur !

BARDOU

Oui je suis libre et j'ai fait donner la chasse à tous ces brigands, ils ont tous péri.

MARCELLIN jeune

Mon père, voici celui qui m'a sauvé dans la forêt.

BARDOU

Avant de vous remercier, jeune homme, permettez-moi de vous demander une grâce.

MARCELLIN jeune

Oh ! laquelle ? parlez.

BARDOU

La mienne..... car avant de vous sauver j'avais voulu vous trahir et c'est pour réparer ma faute que j'ai travaillé à votre délivrance. Je ne suis venu ici que pour implorer mon pardon.

MARCELLIN jeune

Oui je vous pardonne..... et si vous n'avez point de projets pour l'avenir, je vous demande de vouloir bien demeurer avec nous, nous vivrons tous ensemble et heureux, je l'espère.

BARDOU

J'accepte de grand cœur, si votre père veut bien me donner entrée dans la famille.

M. MARCELLIN

Mais je suis trop heureux, je croyais n'avoir plus d'enfant, mais aujourd'hui j'en possède deux.

ZACHARIE

Ah ! jarnicoton, j'aurons-t'y d'la b'sogne à présent, mais c'est égal j'suis ben aise, j'f'rons meilleure cuisine et nous mang'rons aut'chose que des pois et d'la sardine.

Air : *Chantez, chantez..... Gais troubadours.*

> Allons, partons pour les vacances ;
> Adieu, maîtres bons et chéris,
> Adieu pain sec et pénitences
> Adieu pour vous tous, chers amis.
> Comme René, de son vieux père
> Fit le bonheur par son retour,
> Allons prouver à notre mère
> Notre tendresse et notre amour.

La toile tombe.

LE VIEIL AVEUGLE

POÉSIE

C'était un pauvre vieux à la tête branlante,
Aux longs cheveux blanchis par plus d'un rude hiver;
Il était là, priant, sous la chaleur ardente
D'un soleil de juillet, resplendissant et clair.

A l'heure où je passai, la rue était déserte.
    J'allais prendre le train,
Lorsque je l'aperçus, la tête découverte,
    Un chapelet en main.

Qu'il était beau mon Dieu! que son front vénérable
    Avait de majesté!
Que sa douce oraison devait être agréable
    Au Dieu plein de bonté.

Seigneur, semblait-il dire en son triste langage,
    Je suis si vieux..... si vieux;
L'on n'a plus de travail quand on est à mon âge
    Et je n'ai plus mes yeux.

Oh ! vous êtes l'Auteur de toute la nature,
    Vous donnez chaque jour ;
A la fleur sa rosée, à l'oiseau sa pâture,
    A l'homme votre amour.

Et je gémirais seul, ici-bas sur ma route,
    Et ce serait en vain.
O mon Dieu, qu'aujourd'hui, sans que nul ne m'écoute
    J'implorerais du pain !

Non, cela ne se peut, car Mère toujours bonne,
    O Marie ! oh ! par vous,
Je recevrai du ciel sûrement quelque aumône,
    Quelques pauvres gros sous.

Et je croyais l'entendre, observant à distance,
Faire aux cieux cet appel, puis se dire « On viendra. »
Et le ciel en effet vint me crier : Avance,
Aide la bonne Vierge, Elle un jour t'aidera.

Alors très doucement je descendis la rue,
    En me disant tout bas :
Le bon vieux songerait que Marie est venue,
    S'il ne m'entendait pas.

Une seconde après, retenant mon haleine,
    Par quelque ange conduit,
Je glissais tout joyeux dans son bonnet de laine
    Mon obole sans bruit.

Alors le pauvre vieux eut un sourire d'ange.....
Le sourire joyeux de l'aurore en été ;
Des buissons en avril, quand chante la mésange,
Du cœur qu'un saint amour a soudain transporté.

Mais qu'avait-il donc vu, dans sa nuit éternelle ?
Que soudain radieux il dit : Mère c'est vous ;
Je ne sais mais Seigneur, qu'Elle doit être belle !
Celle qui fait éclore un sourire aussi doux.

Je rejoignis la gare en songeant à ces choses,
Au bonheur du chrétien qui seul trouve ici-bas
Les plus merveilleux lys, les plus riantes roses
Dans les rudes sentiers, où Dieu conduit ses pas.

Alors je me souvins d'avoir lu dans l'histoire
Que sainte Elisabeth et d'autres saints pieux
Dans un infortuné, eurent un jour la gloire
De reconnaître Dieu, souffrant et malheureux.

En me disant cela je revis le sourire
        Du cher et beau vieillard.
Que n'aurais-je donné pour le voir encore luire,
        Mais il était trop tard.

Et maintenant c'est loin, mais quand dans son empire
Un jour, je saluerai mon Sauveur radieux,
Oh ! toujours je me dis, qu'en son divin sourire
Mon cœur reconnaîtra, celui du pauvre vieux.

Edmond DELAZUR.

Imprimerie E. FERRY, à Nancy

CARTES DE VISITE

	Le cent franco
Cartes de visite porcelaine mate, 1re série	1 80
Cartes de visite » » gr. format, 2e série	2 40
Cartes de visite écriture anglaise, 3e série......	2 60
Cartes de visite petit deuil	2 60
Cartes de visite grand deuil	2 90
Cartes de visite grand deuil, écriture anglaise..	3 15

Pour recevoir ces cartes *franco* poste dans toute la France, il suffit d'en adresser le montant en un mandat poste à M. E. FERRY, imprimeur-éditeur à Nancy.

Ecrire bien lisiblement les nom, profession, etc.

Par 500 cartes du même nom, c'est-à-dire sans aucun changement dans la composition, la maison accorde 0 fr. 25 c. de diminution par 100, sur les prix ci-dessus et dans n'importe quel format.

Les livraisons sont faites dans la huitaine qui suit la réception de la commande.

La maison ne fait pas la lithographie.

Bar-le-Duc. — Imp. et Lith. Comte-Jacquet.

www.ingramcontent.com/pod-product-compliance
Ingram Content Group UK Ltd.
Pitfield, Milton Keynes, MK11 3LW, UK
UKHW020933140726
13695UKWH00003B/1048